W0349081

Seventeen again 3

SOMMAIRE

Chap. 10
PERCÉE DE MIDORI-GAOKA
UNE ÉTOILE EST NÉE
Waaah !
LE CLUB DE FOOT A GAGNÉ ?!
HACHIYA EST EN PREMIÈRE PAGE !
La classe !
wouah !
IL EST CARRÉMENT EN COUVERTURE ?

MAIS BON...
MÊME DANS LE JOURNAL DE L'ÉCOLE, IL A LA COTE !
JE DOIS ADMETTRE QU'IL A DE LA PRESTANCE QUAND IL JOUE AU FOOT...
FWIP
FWIP
FSS
SHLAC
QU'EST-CE QUE TU FAIS, MAO ?

ビクーッ
WOUAAAAH ?!
GLOUPS
EUH... RIEN, RIEN DU TOUT !
Tu parles...
MERCI DE M'AVOIR EMMENÉE AVEC TOI, AU DERNIER MATCH !
Club de journalisme
Fumi Tamon
(Tamo Tamo)
J'AI PRIS PLEIN DE PHOTOS COOL ! ♡
CELLE DU JOURNAL EST LA PLUS BELLE.
PIIIIP ピッ
PIIIIP ピッ
WOUAH !
IL EST CANON, DESSUS !
TU VEUX TON MEC EN SUPER BONNE QUALITÉ ?
TU ME LA DONNES ?
C'EST VRAI ?
MERCI...

HANASAKI...
TU VOULAIS DES CLICHÉS DE MOI À CE POINT ?
?!
TU... TU ÉTAIS LÀ ?!
OUI.
LA HONTE !!
WOUAAAH
JE SUIS TOUJOURS AVEC TOI...
PAS BESOIN DE ME REGARDER SUR UN ÉCRAN !

BOUM
HOU
JE REVIENDRAI COUVRIR LE PROCHAIN MATCH.
BON COURAGE, LE PETIT COPAIN !
OUAIS...
C'est qui ?
TU POURRAIS LUI DIRE MERCI !
C'est ton aînée !
Il va falloir s'accrocher pour le prochain match aussi !
HANASAKI...
HUM ?
Quoi ?

EUH...
TU VIENS DE ME PRENDRE EN PHOTO, LÀ ?
MOI AUSSI, J'EN VEUX UNE DE TOI !
IL N'Y A PAS DE RAISON POUR QUE T'EN AIES UNE ET PAS MOI !
JE SUIS SÛRE QUE JE TIRAIS UNE SALE TÊTE !
Efface-la !
BEN...
ÇA VEUT DIRE QUOI, ÇA ?!
ALORS TU ME LAISSERAS EN PRENDRE UNE PLUS JOLIE ?
File-moi ton portable !
J'AI PAS ENTRAÎNEMENT, CE SOIR.
ÇA TE DIRAIT UN *DATE* ?

UN DATE...
CE SERAIT NOTRE PREMIER VRAI RENCARD...
ÇA... ÇA TE DIT D'ALLER À USAMI LAND ?
C'EST MOI QUI PAIE !
TU PENSES ENCORE AUX ENTRÉES QU'ON N'A PAS UTILISÉES ?
OUBLIE ÇA.
PAS QUESTION, J'Y TIENS !
LAISSE-MOI T'INVITER !
SI TU INSISTES ...
Alors je prendrai ça, ça et ça...
Trop hâte !
J'ai pas promis tout ça !
Je plaisante.

FSHAAAA
Wouah...
TU PARLES D'UN DÉLUGE...
Dire qu'il faisait beau ce midi...
DÉSOLÉE.
C'est ma faute...
HEIN ?
De quoi tu parles ?

IL PLEUT À CHAQUE FOIS QUE JE PRÉVOIS UN TRUC !
DÈS QU'ON PART EN VOYAGE OU EN EXCURSION, C'EST LA MÊME CHOSE...
HOUU
LES RARES FOIS OÙ IL A FAIT BEAU, ÇA S'EST TERMINÉ AVEC UN TYPHON LE DERNIER JOUR...
T'ES BÊTE OU QUOI ?
TU CROIS VRAIMENT CE GENRE DE SUPERSTI-TION ?
Bête ?!
JE SUIS EN TRAIN DE DÉPRIMER, JE TE SIGNALE !

C'EST JUSTE LE HASARD, RIEN DE PLUS !
ON M'A DÉJÀ DIT ÇA...
ME...
MERCI ...
POURQUOI JE DIS MERCI, MOI ?
Il a dit que j'étais bête...
ALORS, ON VA AILLEURS ?
Hum...
POURQUOI PAS À LA MAISON ?

TU VEUX VENIR CHEZ MOI ?
HEIN ?
BLOOM
Oups !
EXCUSE-MOI !

VOUS ALLEZ VOUS BALADER ?
NOUS AUSSI ! ♡
Amusez-vous bien !
On va où ? ♡
vous aussi...
HAYATO ...
A ENCORE TROUVÉ UNE NOUVELLE COPINE ?
J'AI L'IMPRESSION QU'IL LES ENCHAÎNE, EN CE MOMENT.
IL N'A PAS D'ENNUIS, À FORCE DE CHANGER DE COPINE AU SEIN DE LA MÊME ÉCOLE ?
C'est moi qui stresse, finalement...
C'EST UN COUREUR DE JUPONS, IL SAIT COMMENT S'Y PRENDRE.
Oh !
PARLE PAS COMME ÇA !

ALORS ?
TU VEUX VENIR OU PAS ?
Chez moi…
TU ES SÛR ?
Je peux ?
OUI.
ALORS D'ACCORD !
Tu as un parapluie ?
Évidemment !
ÇA ME FERAIT PLAISIR DE LE DÉCOUVRIR…
DANS UN AUTRE CADRE QUE CELUI DE L'ÉCOLE.

Donne, je le tiens.
Merci !
HAYATO ?
Qu'est-ce qu'il y a ?
RIEN, TOUT VA BIEN.
On y va ?

VOUS ÊTES COMBIEN DANS TA FAMILLE ?
QUATRE.
TU AS DES FRÈRES ET SŒURS ?
J'AI UNE GRANDE SŒUR.
HMM ...
TU SAIS CE QU'ILS AIMENT ?
AUCUNE IDÉE...
OU CE QU'ILS N'AIMENT PAS...
QU'EST-CE QUE ÇA PEUT FAIRE ?
LA PREMIÈRE IMPRESSION EST SUPER IMPORTANTE !
MOUAIS ...
NE BOUGE PAS, JE REVIENS !

Hmm…
J'hésite…
Alors celui-là… ?
TOTYU
DÉSOLÉE POUR L'ATTENTE !

GNIIIP
TU AS ENFIN FINI ?
BOUM
QUE... TU FAIS QUOI, LÀ ?!
JE SUIS "DÉMONS-TRATIF".
FLAP
BON, TU VIENS ?

QU'EST-CE QUE...
IL A L'AIR SURVOLTÉ !
Qu'est-ce qu'il lui prend ?
Ah...
J'HABITE ICI.

SA MAISON EST ÉNORME !!
Et super belle...
IL VIENT D'UNE FAMILLE AISÉE ?!
T'ES NERVEUSE ?
DÉTENDS-TOI, IL N'Y A PERSONNE.
PARDON ?!
POURQUOI TU NE ME L'AS PAS DIT QUAND J'AI ACHETÉ LE GÂTEAU ?!

IL Y A UN PRO-BLÈME...
AVEC L'IDÉE DE TE RETROUVER SEULE AVEC MOI ?
NON...
PAS SPÉCIA-LEMENT, MAIS...
IL ABUSE !
CHOUIC

Pardon…
JE N'AI PAS RÉUSSI À ATTENDRE QUE TU SOIS ENTRÉE.
NE T'EN FAIS PAS.
JE NE T'EN DEMANDERAI PAS PLUS.
IL... IL VEUT DIRE QU'IL NE TENTERA RIEN ?!

Chap. 11

Special Thanks

☆ **Assistants**

Gumi Nagai
Mitsuka Iori
Yuki Kawai
Shunpei Kobayashi
Satomi Ouchi
Kana Takeuchi

☆ **Graphiste**

Kaoru Kuroki

☆ **And you !**

✉ **Pour les lettres :**

Marina Umezawa
Éditions Soleil Manga
8 rue Léon Jouhaux
75 010 Paris

TU ES
TOUJOURS
D'ACCORD ?
OUI...

*N.D.A. : "CARRY" DÉSIGNE LE FAIT D'AIDER SON ÉQUIPE À PRENDRE L'AVANTAGE, DANS LES JEUX VIDÉO.

UTILISE LA MAP COMME ÇA.
Et tiens bien ta manette !
BOUM
C'EST NOTRE PREMIER RENCARD.
ON DEVAIT ALLER AU PARC D'ATTRACTIONS, MAIS À CAUSE DE LA PLUIE…
ÇA S'EST FINALEMENT FAIT CHEZ LUI.

EN PLUS…
APRÈS UNE RÉFLEXION PAREILLE…
"JE NE T'EN DEMANDERAI PAS PLUS."
BRR
JE ME SENS ÉTRANGEMENT TENDUE !!
BRR
TU M'ÉCOUTES ?
TU VEUX FAIRE AUTRE CHOSE ?
BOUM

TU AS DES PHOTOS DU COLLÈGE ?
DU COLLÈGE ?
Ma photo de classe ?
OUI, SUR CETTE ÉTAGÈRE...
LAQUELLE ?
Voyons voir...
DZIIIH
ZUT...
J'AI DES FOURMIS DANS LES JAMBES !
BLOOOM

À QUOI TU JOUES ?
WOUAAAAH !!
PA... PARDON !
JE ME POUSSE, EXCUSE-MOI !

GNIII
ぎゅっ
AAAH !
?!
ÇA ME FAIT BIZARRE...
QUE TU SOIS...
DANS MA CHAMBRE, ET DANS MES BRAS.
C'EST CLAIR...
MOI AUSSI...

JE PENSE PAREIL !
GNHH
ギュ…
GNIIIP
ムギュ
HUMF ?!

?!
TU VOULAIS VOIR MES PHOTOS ?
TIENS.
HM ?
QU'EST-CE QU'IL LUI PREND ?
TU... TU NE FAIS RIEN ?!
DE QUOI ?
"DE QUOI" ?!
M'EMBRAS...
SER...
Il se fiche de moi ?
IL AVAIT L'AIR BIEN DÉCIDÉ, AVANT QU'ON ARRIVE ICI !
JE PEUX ?

CLAC ガチッ
TU VOIS ?
T'ES RAIDE COMME UN PIQUET.
MAIS NON, C'EST JUSTE QUE...
TU AS ACCEPTÉ DE SORTIR AVEC MOI, MAIS...
TU N'AS PAS L'AIR PRÊTE À ALLER PLUS LOIN POUR LE MOMENT.
TU PENSES ENCORE À IZUMI ?

JE PEUX COMPRENDRE, MAIS DANS CE CAS NE ME PROVOQUE PAS TROP.

CHOUIC
C'EST JUSTE DE LA PUDEUR !

J'HALLUCINE...
TU TE FAIS TOUJOURS PASSER POUR LA PLUS GRANDE DES DEUX, MAIS...
DANS CERTAINES SITUATIONS, TU REDEVIENS UNE PETITE FILLE !
JE SUIS RESTÉ EN RETRAIT...
POUR ALLER À TON RYTHME, MAIS...
APPAREMMENT, JE N'AI PLUS BESOIN DE ME RETENIR ?
TU CHANGES VITE D'ATTITUDE, TOI !

Hein ?
SHUN !
Tu es rentré ?
BLOM
BLAM
PLAF

UNE FILLE ?!
CE... C'EST QUI ?!
SA GRANDE SŒUR ?!
ZUT, ELLE DÉBARQUE AU PIRE MOMENT !!
BAAAH
BON-JOUR !
RA... RAVIE DE TE RENCONTRER !!
FIIIX
HOU...
CE N'EST PAS SA SŒUR POUR RIEN !
ELLE EST SUPER CANON !

POUET
...
?!?
C'EST BIEN UNE FILLE !! ♡♡
!!!
C'est ta copine ?
Dis donc
TU JOUES À QUOI, LÀ ?
EUH... C'EST UNE BLAGUE ?
Comme ça, sans pression ?
EXCUSE-MOI !
IL NE TRAÎNE QU'AVEC SES POTES OU RESTE SUR SES JEUX VIDÉO, ALORS...
JE NE PENSAIS PAS LE VOIR AVEC UNE FILLE, J'ÉTAIS SÛRE QU'IL ÉTAIT HOMO !!

VRAIMENT NAVRÉE !
POUR M'EXCUSER, JE VAIS VOUS PRÉPARER UN BON DÎNER !
VLAAAM
Maman ! Shun a ramené une fille !!
HEIN ? MAIS JE...
JE NE VAIS PAS...
Puisqu'elle t'invite...
RESTE MANGER AVEC NOUS !
AU MOINS, ON RESTERA UN PEU PLUS ENSEMBLE...
AU FAIT...

TU N'AVAIS ...
JAMAIS INVITÉ DE FILLES CHEZ TOI AVANT ?
UNE PETITE COPINE...
NON, POURQUOI ?
TU ES LA PREMIÈRE AVEC QUI JE SORS.
Je...
JE PARLE SÉRIEUSE-MENT, LÀ !
Te fiche pas de moi !
KIIIH
JE SAIS, MOI AUSSI JE SUIS SINCÈRE.

HEIIIIN ?!
C'est vrai ?
J'AURAIS PARIÉ L'INVERSE, POURTANT !!
Avec un visage pareil ?
Quoi ?
ALORS...
JE SUIS SA PREMIÈRE PETITE AMIE ?
JE NE SAIS PAS SI TU AIMERAS, MAIS...
SERS-TOI AUTANT QUE TU VEUX !

JE SUIS DÉSOLÉE, JE VIENS POUR LA PREMIÈRE FOIS...
ET JE M'IMPOSE POUR LE DÎNER...
MAIS NON, MAIS NON !
EN PLUS, C'EST LA PREMIÈRE FOIS QU'IL INVITE UNE FILLE...
TU T'APPELLES COMMENT ?
Allez, mange !
MAO HANASAKI !
TE SENS PAS OBLIGÉE DE RÉPONDRE, HANASAKI...
TU ES PLUS ÂGÉE ?!
Ah...
OUI, MAIS ON EST DANS LA MÊME CLASSE.
HEIN ? COMMENT ÇA SE FAIT ?
COMMENT LEUR EXPLIQUER...
ELLE A LOUPÉ TROP DE COURS.
UN PEU TROP RÉSUMÉ, LÀ !
JE... J'AI EU UN ACCIDENT...
MA PAUVRE !

J'AVAIS PEUR DE NE PAS M'HABITUER À MA NOUVELLE CLASSE, MAIS...
HACHIYA... EUH, SHUN M'A BEAUCOUP AIDÉE À M'INTÉGRER.
IL TIRE TOUJOURS UNE SALE TÊTE, PAS FACILE DE SAVOIR CE QU'IL PENSE !
COMMENT TU ARRIVES À LE SUP-PORTER ?
IL NE BOSSAIT JAMAIS AU COLLÈGE, ET PUIS UN JOUR...
IL S'EST RÉVEILLÉ POUR INTÉGRER LE LYCÉE MIDORI-GAOKA !

Ah bon ?
HACHIYA AU COLLÈGE ...
JE ME DEMANDE COMMENT IL ÉTAIT ?
JE N'AI TOUJOURS PAS VU SES PHOTOS DE CLASSE...
J'AURAIS BIEN AIMÉ LE VOIR AU COLLÈGE !
QU'EST-CE QUE TU RACONTES ? C'EST LE CAS !
HEIN ?
ON S'ÉTAIT CROISÉS À UN MATCH.
TU NE TE SOUVIENS PAS ?
...
ATTENDS, ÇA VA ME REVENIR...
JE M'EN RAPPELLE TRÈS BIEN, MOI.

C'ÉTAIT LEQUEL ?!
JE ME SERAIS SOUVENU D'UN GAMIN AUSSI ARROGANT...
C'EST UN SECRET.
C'EST RAGEANT ...
JE SUIS LA SEULE À NE PAS M'EN SOUVENIR !
AH, JE VAIS VOUS AIDER POUR LA VAISSELLE !
Mais non, c'est bon !
C'est le minimum !
Bon, merci !

ATTENDS, JE VAIS VOUS FILER UN COUP DE MAIN AUSSI.
Ah...
C'EST GENTIL !
C'EST QUOI, ÇA ?
TA MAMAN ME L'A PRÊTÉ POUR NE PAS SALIR MON UNIFORME.
HMM...

TU ES MIGNONNE, COMME ÇA.
FAIS-MOI PLAISIR, DIS-MOI...
"BONSOIR CHÉRI" ! ♡

On aurait pu jouer aux jeunes mariés...
Même pas en rêve !
Méchante...
Hein !?
TU RENTRES DÉJÀ ? TU NE VEUX PAS RESTER DORMIR ICI ?
NON, ON A COURS DEMAIN...
IL PLEUT, JE VAIS TE RAMENER !
Viens aussi, Shun !
PORTE SON SAC !

WOUAAAH ...
J'ÉTAIS SUPER TENDUE !
MERCI POUR TOUT !
ATTENDS ...
TU AS OUBLIÉ UN TRUC.

OUPS, J'AI OUBLIÉ DE TE DEMANDER TON AVIS.
JE PEUX ?
TU VIENS DE LE FAIRE !!
JE PEUX ENCORE ?

BIEN SÛR...

C'EST BON, ÇA SUFFIT !
Haaa...
J'AI PAS ENVIE DE TE LAISSER REPARTIR.
TA SŒUR NOUS ATTEND !
Lâche-moi !
TRUST
TRUST

Ce… C'est juste un petit cadeau !
Oooh !
Merci !
Magnolia

Chap. 12
NOTRE PREMIER DATE CHEZ LUI...
BON, À DEMAIN !
Bonne nuit...
C'ÉTAIT TOP !
J'ÉTAIS TROP STRESSÉE POUR SAVOURER LES PLATS, MAIS...
J'AI EU L'IMPRESSION QU'ON ÉTAIT VRAIMENT EN COUPLE.
FSHOUUUU

WOUAAAH !!
PLATCH
シャ
PLATCH
シャ
MAO ?
HEIN ?
Ah oui ?
TON PORTABLE SONNE !
Un appel ?
HACHIYA ?
SHUN HACHIYA
A... ALLÔ ?
Ah...
TU DORMAIS ?
PAS ENCORE...
ÇA RÉSONNE, NON ?
JE SUIS DANS LE BAIN !
Bouge pas...
ON PASSE EN VISIO ?
OUBLIE !!
TU VEUX QUOI ?!

J'AVAIS JUSTE ENVIE DE T'ENTENDRE UN PEU.
BOUM
IL Y AVAIT ENCORE TON ODEUR DANS MA CHAMBRE.
JE N'AI PAS PU ATTENDRE DEMAIN...

C'EST TOUT.
ATTENTION AU COUP DE CHAUD !
C'ÉTAIT JUSTE POUR ÇA ?
BONNE NUIT.
EUH... TOI AUSSI.
QU'EST-CE QU'IL ME FAIT, LÀ ?
IL VOULAIT ENTENDRE MA VOIX ?!
ET ME DIRE BONNE NUIT ?
HA HA HA HA HA !!!
あははは
BLOP BLOP
ブクブク
IL PARLAIT MOINS FORT QUE D'HABITUDE...

TOUS LES JOURS...
À CHAQUE FOIS QUE JE ME DIS QUE JE L'AIME...
CHAQUE SECONDE...
IL S'IMMISCE UN PEU PLUS DANS MON CŒUR.
J'AI LA POITRINE QUI SE SERRE.
HAAA...
EST-CE QUE...
J'AI VRAIMENT LE DROIT...
DE ME SENTIR AUSSI HEUREUSE ?
TAP
TAP
TAP
TAP

TU VAS RESTER ENCORE COMBIEN DE TEMPS ?!
PFF !
J'EN AVAIS MARRE D'ATTENDRE ...
QUE TU SORTES, MAO !
PLOTCH
MA... MARIN !!
Je suis restée aussi longtemps que ça ?

ET TU POURRAIS M'APPELER GRANDE SŒUR, PLUTÔT !
PIOUUH
Why?
POURQUOI ? ILS NE FONT PAS ÇA À L'ÉTRANGER !
T'ES TOUTE FIÈRE D'APPRENDRE L'ANGLAIS, HEIN ?
FRÉQUENTE UN COURS D'ANGLAIS À CÔTÉ DE L'ÉCOLE.
AU TÉLÉPHONE, C'ÉTAIT TON BOYFRIEND ?!
HEIN ?!
Tu m'écoutais ?
IL EST COMMENT ?! CANON ?!
EUH... BLASÉ...
PLUS JEUNE, ET INSOLENT...
CE SONT DES COMPLIMENTS, ÇA ? T'ES SÛRE QUE TU L'AIMES ?
あはは HA HA HA
PAR CONTRE...
IL A BEAUCOUP DE CHARISME !

J'AIME BIEN COMME TU ES, EN CE MOMENT ! ♡
TU AS L'AIR *HAPPY*, QUAND TU SOURIS ! ♪
TU ME LAVES LES CHEVEUX ?
OUI, OUI...
J'AI L'AIR SI HEUREUSE QUE ÇA ?

JE SUPPOSE QUE…
C'EST GRÂCE À HACHIYA…
STOP, LE TEMPS EST ÉCOULÉ !
On passe aux tirs !
CLIC
カチッ
HEIN ?
OÙ EST HAYATO ?
IL N'EST PAS ENCORE ARRIVÉ.

Ah bon ?
C'EST L'ENTRETIEN DES TROISIÈME ANNÉE, AUJOURD'HUI ?
Non, les autres sont là...
QU'EST-CE QU'IL FICHE ? IL SÈCHE ?
SÛREMENT AVEC UNE FILLE...
IL JOUE SA PLACE DANS L'ÉQUIPE, AU PROCHAIN MATCH.
ON LE FERA VRAIMENT VENIR SUR LE TERRAIN ?
LUNA, TU PEUX GÉRER SANS MOI ?!
HEIN ? TU VAS OÙ ?

JE VAIS ESSAYER DE LE TROUVER !
Hayato...
J'HALLU-CINE...
JUSTE AVANT UN MATCH IMPORTANT !
QU'EST-CE QU'IL FABRIQUE ?
3 — 3
...
...
PUCKISH
VLAAAM
HAYA...

HA... HAYATO...

DÉ...
DÉSOLÉE DE VOUS AVOIR DÉRANGÉS...
PLAAAF
ピシャン
Zut, on nous a vus ?
WHAAA !
J'AI L'IMPRESSION D'AVOIR ASSISTÉ À UNE SCÈNE DE CRIME !
CELLE D'UN AMI, EN PLUS...
PUCKISH
ET POURQUOI JE M'ENFUIS ALORS QUE JE VENAIS LE CHERCHER ?
NON, IMPOS-SIBLE...
C'ÉTAIT TROP GÊNANT !

AH, HANASAKI !
TU L'AS TROUVÉ ?
HEIN ? EUH...
PUCKISH
IL...
IL A MAL AU VENTRE...
IL S'EST ENFERMÉ DANS LES TOILETTES ET VIENDRA PLUS TARD !
TU ES ENTRÉE DANS LES TOILETTES DES HOMMES ?
QUOI ? MAIS NON !!
LIFE goes on

Salut…
PARDON POUR LE RETARD.
AH ! ÇA Y EST, LE VOILÀ !
TU TE SENS BIEN ?
HEIN ?
T'ÉTAIS COINCÉ AUX TOILETTES AVEC UN MAL DE BIDE, NON ?
TU AURAIS PU LEUR DIRE LA VÉRITÉ.

IL NE VALAIT MIEUX PAS, JE PENSE...
ALLEZ, VA LES REJOINDRE !
HANASAKI !
J'ARRIVE !

MAO !
TRUST
PUCKIS

Luna Usami

Dans l'idée, Luna me fait penser à un petit lapin. je lui ai donc choisi un nom qui s'en rapproche*.

J'ai également beaucoup hésité pour les idéogrammes de son prénom, et j'ai finalement choisi une version relativement « sobre ». Elle est super facile à dessiner, peut-être la plus simple de tous !

Sur le papier, elle est censée fréquenter un salon de manucure dans lequel travaille un personnage de ma précédente série. J'espère que je pourrai le dessiner à un moment de l'histoire !

*N.D.T. : LAPIN SE DIT "USAGI" EN JAPONAIS.

Chap. 13

"MAO !"
TRUST
PUCKIS
QUE... QUOI ?
Tu m'as fait peur...

LE COACH...
AU COLLÈGE, TU T'EN SOUVIENS ?
HEIN ?
Le coach ?
OUI, POURQUOI ?
IL PARAÎT QU'IL VA SE MARIER !
C'EST VRAI ?!
Celui qui n'avait jamais de copine ?!
C'EST UNE SUPER NOUVELLE !
T'aurais pu me le dire plus tôt !
APRÈS LE FOOT, TU NE VOUDRAIS PAS...
ALLER LUI ACHETER UN TRUC POUR LE FÉLICITER ?

BONNE IDÉE, TIENS !
ÇA A L'AIR MARRANT.
JE VOUS ACCOMPAGNE !
TU... T'ES LOURD !
T'AS QU'À VENIR QUAND ON T'APPELLE !
DOOOM
PAR-DON...
POURQUOI TU VEUX VENIR ?
ON N'ÉTAIT PAS DANS LE MÊME COLLÈGE.
Tu ne le connais même pas...
JE VOUS LAISSE CHOISIR LE CADEAU.

BROOOO
ゴゴゴ…
JE VAIS JUSTE VÉRIFIER QUE TU NE REPARS PAS EN CHASSE.
DE QUOI TU PARLES ?
EUH…
Du calme…
BONJOUR L'AMBIANCE…
GHHH
ON DIRAIT QUE VOUS AVEZ LE TEMPS DE DISCUTER…
TOUS LES DEUX ?
Allez ! Vous allez faire le double du programme !
Argh…
Pardon, capitaine…

NOTRE COACH AU COLLÈGE...
QUE DE NOSTALGIE !
HA...
SI JAMAIS ...
IL ME QUESTIONNE AU SUJET D'IZUMI...
QU'EST-CE QUE JE RÉPONDS ?
Bonne soirée !
VSHHH
VSHHH
HACHIYA, CE N'EST PAS TON PORTABLE QUI SONNE ?
Si...
LAISSE COULER, C'EST MA SŒUR.
VSHHH
RÉPONDS !!
C'est peut-être urgent !
VSHHH

Pff...
QUOI ?
TU DÉCROCHES ENFIN !!
C'EST GRAVE, RENTRE TOUT DE SUITE !!
IMPOSSIBLE.
NOUS AUSSI, ON A NOS SOUCIS.
C'est ça, oui !
ON T'ATTEND !
TU M'ÉCOUTES ?!
Un problème ?
TU NE FERAIS PAS MIEUX D'Y ALLER ?
HEIN ?
TU PRÉFÈRES QUE JE RENTRE PLUTÔT QUE D'ÊTRE AVEC TOI ?
EUH... COMME TU VEUX...
Elle a l'air affolée...

MOI, J'AI PAS ENVIE...
QUE TU SORTES AVEC UN AUTRE MEC.
IL EST JALOUX ?
TOUT VA BIEN !
C'EST UN COUREUR DE JUPONS, MAIS ON SE CONNAÎT DEPUIS LE COLLÈGE !

Haaa...
T'AS VRAIMENT RIEN COMPRIS, TOI.
J'te jure...
Quoi ?
OK, JE TE LAISSE Y ALLER AVEC LUI...
MAIS SEULEMENT SI TU M'EMBRASSES.
Hein ?!
QUOI, ICI ?!
FSHAA
FSHAA
IL ABUSE ...

GNIIIP
ぎゅっ
JE TE JURE QU'IL NE SE PASSERA RIEN DE BIZARRE...
RASSURE-TOI !
Et contente-toi de ça !
TRICHEUSE ...
Trop mignonne...

FRSH
ALORS TIENS.
PRENDS-LE, ÇA TE FERA PENSER À MOI.
D'ACCORD !
Si tu veux...

IL SAIT PARFOIS ÊTRE CRAQUANT, QUAND IL VEUT...
FAIS PAS CETTE TÊTE !
Essaie d'être moche !
Tu veux rire ?
Hein ?
SHUN EST REPARTI, FINALEMENT ?
OUI.
SA SŒUR L'A APPELÉ, ELLE AVAIT L'AIR EN PANIQUE.
Il a une sœur ?
IL A DÛ LA REJOINDRE.

Qu'est-ce qu'on pourrait acheter ?
PSEUDO BARRIÈRE DE PROTECTION
JE VOIS...
Bon...
Ça a l'air bien...
On va voir cette boutique ?
HUUUM ...
POURQUOI PAS UN JOLI CADRE ?

ET DES FLEURS ? C'EST UNE VALEUR SÛRE.
DES FLEURS ?
OUI, ON PEUT AUSSI...
MAIS POUR LE COUP...
J'AIMERAIS BIEN UN CADEAU QUI NOUS RES-SEMBLE !
Ha...
PEUT-ÊTRE QUE SA FEMME A DES GOÛTS BIEN SPÉCIFIQUES POUR LA VAISSELLE ?
ÇA LUI FERA PLAISIR, AU MOINS POUR LE GESTE !
CREUSE-TOI LA TÊTE QUAND MÊME !
C'est moi qui fais tout, là !

MERCI BEAUCOUP !
BON, ON A PRIS LE CADRE FINALEMENT.
J'ESPÈRE QU'IL SERA CONTENT !
JE VAIS LE DIRE À HACHIYA.
On a pris un cadre...
DIS, POUR LE CADEAU...

ÇA TE VA SI ON DIT QUE...
ÇA VIENT DE NOUS TROIS, IZUMI, TOI ET MOI ?
ON LUI DIRA JUSTE QU'IL N'A PAS PU VENIR AUJOURD'HUI.
JE N'AI PAS ENVIE QUE LE COACH NOUS POSE DES QUESTIONS.
ÇA RISQUERAIT DE L'INQUIÉTER, EN PLUS.

HAYATO…
Hum ?
QUOI ? TU RÉALISES ENFIN À QUEL POINT JE SUIS CANON ?
Quoi ?
JE ME DISAIS JUSTE QUE…
TU ES UN TYPE BIEN, ET PEUT-ÊTRE MOINS DRAGUEUR QU'ON LE DIT !
TING
HAYATO ?
AH, PARDON !
NE T'EN FAIS PAS !
JE SAIS BIEN QUE C'EST MOI QUI T'OBLIGE À…
PAS DU TOUT.

JE NE DISAIS PAS ÇA POUR TOI.
CE N'EST PAS POUR IZUMI NON PLUS.
JE CROIS QUE…
C'EST SURTOUT CONTRE MOI QUE JE SUIS ÉNERVÉ.

QUOI ?
HAYA...
HÉ, TOI !
T'ES BIEN HAYATO, DE MIDORIGAOKA ?

HEIN ?
QUOI ?
Euh...
TU LE CONNAIS ?
Non...
AUCUNE IDÉE.
BIEN SÛR QUE SI !
HIIIIIIII !!
L'enfer !
TU ME PIQUES MA COPINE...
ET TU SORS DÉJÀ AVEC UNE AUTRE ?
NE RESTONS PAS LÀ...
HAYATO, VIENS...

N'ESSAYEZ PAS DE FILER !
NE POSE PAS TES SALES PATTES SUR ELLE !
ELLE N'A RIEN À VOIR AVEC ÇA.
VAS-Y, MAO.
JE TE RETROUVE APRÈS.

HEIN ?
MAIS...
J'ARRIVE TOUT DE SUITE.
BON ...
D'AC-CORD.
ARGH !
VOILÀ CE QUI ARRIVE, QUAND ON EST UN COUREUR DE JUPONS !!
TAP
TAP
TAP

Bon…
C'EST QUI, TA COPINE ?
Quoi ?!
HITOMI !!
Haaa…
DÉSOLÉ, MAIS…
C'EST ELLE QUI EST VENUE ME VOIR.
ESPÈCE DE…

HAAAA !
あぁ―!!
ENFIN, JE VOUS TROUVE !!
Monsieur !
?!
VOUS ÊTES LE MILLIÈME CLIENT DE CE CENTRE COMMERCIAL !
Hein ? Moi ?

SUIVEZ-MOI, NOUS AVONS UN CADEAU POUR VOUS RÉCOMPENSER !!
DAAASH
MAO ?
HÉÉÉ ! ON N'A PAS FINI DE PARLER !!
Reviens !
CONTINENTAL UNIVERSITY SINCE 1898

FSH
FSH
ぷはっ
FOUAAH !
ON A RÉUSSI À LUI ÉCHAPPER !
JE T'AVAIS DIT DE PARTIR !
C'EST QUOI CE DÉGUISEMENT ?
JE L'AI EMPRUNTÉ À UN EMPLOYÉ EN PAUSE.
AVOUE QUE C'ÉTAIT UNE IDÉE GÉNIALE, NON ?

HEUREUSEMENT QUE TU N'AS RIEN...
ZBLOOOM
MAO ?!
ÇA VA... J'AI JUSTE LES JAMBES EN COMPOTE...
Pfuh...
HA HA !
ÇA TE FAIT RIRE ?!
T'ÉTAIS TROP DRÔLE, DÉGUISÉE EN OURS !
Ça te va super bien !
GARDE TES COMMENTAIRES POUR TOI !!
Tu parles d'un compliment !

J'ESPÈRE QUE CETTE FOIS, TU ARRÊTERAS DE T'EN PRENDRE AUX FILLES CASÉES !
JE DOIS RENDRE CE COS-TUME...
ZUT, LA FERME-TURE EST COINCÉE !
Ah...
MERCI.
ZIIIP
ALORS...
COMMENT EST-CE QUE JE VAIS FAIRE ?

JE SUIS...
AMOUREUX DE TOI.

Hachiya est rentré chez lui.
Enfin là ?
HACHIYA ! REGARDE, UN CHIOT SHIBA ! TROP BEAU, HEIN ?
La voisine a eu une portée et nous en a donné un !
C'ÉTAIT ÇA...
TON URGENCE ? UN CHIEN ?

Chap. 14

"JE
SUIS...
AMOUREUX
DE TOI."

HA !
UNE PETITE SECONDE !!
QU'EST-CE QUE JE RACONTE, MOI ?!
BAAAH
TU...
TU DEVRAIS ARRÊTER DE TE MOQUER DE MOI...
EN ME FAISANT CROIRE N'IMPORTE QUOI !
?!
PLOF
PER-TUR-BÉE
JE NE PLAISANTE PAS !
SHLAAAC

Hein ?
TU...
TU ES SÉRIEUX ?

Hmm ?
MAIS TU ÉTAIS BIEN EN TRAIN DE FLIRTER AVEC UNE FILLE EN CLASSE TOUT À L'HEURE, NON ?
GLOUPS
AH...
EUH, ÇA...
Oui...
DIFFI-CILE...
DE LUI DIRE QUE C'ÉTAIT...
SURTOUT POUR L'OUBLIER ...

ALLEZ...
VA RENDRE CE COSTUME !
HEIN ? AH OUI...
Tu as raison...
D'AILLEURS JE RENTRE, ON A FINI POUR AUJOURD'HUI.
Hein ?
ET LE COACH ?
PAS QUESTION ...
DE RESTER AVEC ELLE PLUS LONGTEMPS !
J'IRAI TOUT SEUL !
Quoi ?
Attends !
Hayato !

AH !
C'EST ELLE QUI A GARDÉ LE CADEAU !
N'importe quoi…
Bon, on verra plus tard …
HAAA…
QUEL IMBÉCILE…
JE N'AVAIS PAS PRÉVU DE LUI DIRE !
SI SEULEMENT JE POUVAIS REVENIR EN ARRIÈRE…
J'AURAIS AIMÉ M'EN APERCEVOIR PLUS TÔT…
QUOI ?!
ENCORE UNE FILLE QUI VEUT SORTIR AVEC TOI ?
POURQUOI C'EST TOUJOURS SUR TOI QUE ÇA TOMBE ?

ET ALORS ?
C'EST JUSTE PARCE QUE JE LEUR DIS CE QU'ELLES VEULENT ENTENDRE.
AH BON ?
IL FAUDRA QUE TU M'APPRENNES, À L'OCCASION !
BONNE IDÉE ! ON SE FAIT UNE SOIRÉE AVEC PLEIN DE FILLES ?
NON MERCI.

HEIN ?!
JE VEUX JUSTE PLAIRE À LA FILLE QUE J'AIME...
CONTRAIRE-MENT À TOI.
QU'EST-CE QUE TU INSINUES, IZUMI ?
あ HA は HA は HA
TU FERAIS MIEUX DE TE TROUVER UNE COPINE !
JE NE VEUX PAS RESTER AVEC LA MÊME TOUT LE TEMPS !
IZUMI !

ON RENTRE ?
ON VA MANGER UN BOUT ?
OUI ! J'AI REPÉRÉ UN NOUVEAU CAFÉ !
BONNE SOIRÉE.
SHUN !
ÇA TE DIT, UNE SOIRÉE AVEC DES FILLES ?
ELLES VOUDRAIENT TE VOIR...

BOF...
NON MERCI.
ÇA NE M'INTÉRESSE PAS.
J'HALLU-CINE...
IL N'AIME PAS LES FILLES, OU QUOI ?
LES HOMMES, TU CROIS ?
C'EST DU GÂCHIS...
S'ILS VOULAIENT ...
ILS POURRAIENT TOUTES LES FAIRE CRAQUER.
SURTOUT QU'ILS SONT BEAUX GOSSES !

ALLEZ !
JE TE LAISSE, J'AI UN RENCARD !
PAS QUESTION DE ME LIMITER...
À UNE SEULE NANA.
J'AI JUSTE ENVIE...
D'EN PROFITER UN MAXIMUM.
IZUMI EST ENCORE ABSENT ?
ÇA FAIT UN MOMENT QUE ÇA DURE...

J'AI ENTENDU DIRE QU'IL ÉTAIT DÉSINSCRIT DE L'ÉCOLE.
HEIN ?
SÉRIEUX ?!
IL PART ?
IZUMI...
A SUBITEMENT ARRÊTÉ DE VENIR EN COURS.
IL NE RÉPOND PAS...
ET MAO NE VIENT PLUS NON PLUS...
QU'EST-CE QU'IL LUI ARRIVE ?
MAO ?!

TU N'ÉTAIS PAS VENUE EN COURS, HEIN ?
HA HA
AH, NON...
ÇA VA UN PEU MIEUX, ALORS JE VOULAIS AU MOINS VENIR POUR LE CLUB LE FOOT.
NE ME DIS PAS QUE TU LE CHERCHES ?
GLOUP
ÇA VA ALLER ?
MAIS OUI !
MES COPINES ME PASSENT LEURS COURS POUR QUE JE LES RECOPIE !
NON...
JE NE PARLAIS PAS DE ÇA...

MERCI DE T'INQUIÉTER POUR MOI !
BIEN JOUÉ !
TU VEUX DU THÉ ?
FINALEMENT...
ELLE VA MIEUX QUE JE LE CRAIGNAIS.
JE PENSAIS QU'ELLE DÉPRIMERAIT PLUS QUE ÇA.

ZUT, J'AI OUBLIÉ MON POR-TABLE...
HEIN ?
MAO ?

C'EST LA PLACE D'IZUMI...
...
IZUMI...

OÙ EST-IL PASSÉ ...

TU PARLES...
ELLE NE VA PAS BIEN DU TOUT !
JE VAIS...
LA CONSOLER ?
ÇA M'AURAIT ÉTONNÉ, AUSSI...

JE PASSE MON TEMPS À FLIRTER AVEC DES FILLES...
ET JE NE SUIS PAS FICHU DE SAVOIR QUOI DIRE À UNE AMIE QUI PLEURE...
JE NE SERS VRAIMENT ...
À RIEN.
QUEL-QUE TEMPS PLUS TARD...
ELLE A EU UN ACCIDENT, ET A DÛ REDOUBLER.
NOUS N'ÉTIONS PLUS DANS LA MÊME SECTION, ÇA NOUS A ÉLOIGNÉS.
OÙ EST MAO ?
VERS LES ROBI-NETS.
MERCI !
ÇA TE DIT D'ALLER AU PARC D'ATTRACTIONS, CE SOIR ?

OUPS... ELLE EST AVEC SHUN ?
ET POURQUOI JE ME CACHE, MOI ?
ET N'OUBLIE PAS DE TE SÉCHER LES CHEVEUX !!
MA...
HUM ?

C'EST MOI QUI AI GAGNÉ.
QUE... QUOI ?
BLOOOM
C'EST UNE BLAGUE ?

DE QUEL DROIT FAIT-ELLE CES YEUX-LÀ...
À UN AUTRE MEC QU'IZUMI ?
ELLE QUI L'A CHERCHÉ PARTOUT...
EN PLEURANT TOUS LES JOURS...
TU ME DÉÇOIS.

QU'EST-CE QUE TU VEUX DIRE ?
TU N'EN AS PLUS RIEN À FAIRE DE IZUMI ?
TU L'AIMAIS COMME UNE DINGUE...
TU AS MÊME REDOUBLÉ POUR LUI...
ET ÇA Y EST, TU SORS AVEC UN NOUVEAU MEC ?
TU ÉTAIS FAIBLE À CE POINT ?
TIENS ?
ALLUMEUSE...

JAMAIS JE NE ME SUIS DIT...
QUE JE M'EN FICHAIS !
QU'EST-CE QUE JE FABRIQUE...
MOI ?!
POURQUOI...
JE SUIS AUTANT...
SUR LES NERFS ?

"EN FAIT, TU NE SERAIS PAS UN PEU AMOUREUX DE MAO ?"
HEIN ?
MOI...
ET MAO ?
N'IM-PORTE QUOI !
PAS QUESTION DE ME LIMITER À UNE SEULE FILLE !
HAAA...
ÇA Y EST, JE SAIS.

C'EST
DE LA
JALOUSIE.
EN
RÉALITÉ...
JE SUIS
BEL ET
BIEN...
LYCÉE MIDORIGAOKA
MAO...

HUM ?
HA... HAYATO ?

HIER...
JE NE PLAISANTAIS PAS.
QUITTE À LUI AVOUER...
AUTANT ALLER JUSQU'AU BOUT.

Hayato Takacho

- Adore les filles. Il est toujours gentil avec elles, mais ne veut pas se mettre en couple avec une en particulier. Il a beaucoup de copines.

- Il évite d'être intrusif, et déteste qu'on se mêle de ses affaires.

- Toujours souriant, il ne montre pas trop ce qu'il ressent.

Pour Hayato, je voulais un nom qui fasse référence à un petit insecte qui butinerait de fleur en fleur. C'est comme ça que j'ai choisi "Cho"*, sauf qu'il n'apparaît nulle part dans la trame de l'histoire !

Personnellement, j'adore les personnages un peu frivoles. Enfin, pas n'importe lesquels non plus ! Mes préférés sont ceux qui draguent tout le monde, mais sont incapables d'approcher la fille qu'ils aiment vraiment !

J'avais prévu de faire une raie au milieu à Hachiya, mais finalement j'ai trouvé que ça ne lui allait pas très bien, alors je l'ai dessinée sur Hayato. C'est plutôt bien réussi !

*N.D.T. : "CHO" SIGNIFIE PAPILLON EN JAPONAIS.

Chap. 15
"HIER, JE NE PLAISANTAIS PAS."

IL VEUT DIRE...
QU'IL EST VRAIMENT... AMOUREUX DE MOI ?
EUH...
JE...
AHEM...
FRSH
FRSH

JE SUIS DÉSOLÉE !!
OUPS...
POURQUOI JE CRIE COMME ÇA, MOI ?!
PARDON...
PLAF
むぐっ...
JE...
JE SUIS VRAIMENT DÉSOLÉE !
DAAASH
はっ
IGAOKA
Ah...
MAO !

J'HALLU-CINE...
ELLE ÉTAIT PAS OBLIGÉE DE ME REPOUSSER UNE TROISIÈME FOIS !
DORIGAOKA
ET PUIS...
POURQUOI MOI ?!
HAAAA !
IL EST TOUJOURS PASSÉ...
D'UNE FILLE À L'AUTRE...
PAS ENVIE DE ME POSER...
AVEC UNE SEULE !
SANS QUE ÇA LUI POSE DE PROBLÈME.
MÊME QUAND IL A SU QUE JE SORTAIS AVEC IZUMI...
SÉRIEUX ?
POURQUOI MAO ?
TU POUVAIS TROUVER MIEUX !
ÇA NE TE REGARDE PAS !
QU'EST-CE QUE T'AS DIT LÀ ?!

IL NE S'EST...
JAMAIS INTÉRESSÉ À MOI, POURTANT !
HAA はぁ
はぁ HAA
JE NE M'Y ATTENDAIS PAS...
ZIIIIH ずぅ~
QUELLE NAZE !
JE ME SUIS TIRÉE EN M'EXCUSANT !
AAARG !
IL M'A PRISE DE COURT, MAIS CE N'EST PAS UNE RAISON !!
J'aurais dû trouver autre chose à lui dire...
QU'EST-CE QUE TU FABRIQUES ?

POM ちょい POM ちょい
Un épi ?
BOUM
HA... HACHIYA !
IL S'EST PASSÉ QUELQUE CHOSE ?
HEIN ?!

AU MOINDRE TRUC, ÇA TE PREND LA TÊTE...
ET LE LENDEMAIN, TU AS SOUVENT LES CHEVEUX OU TA TENUE EN VRAC.
DOOOM
NE ME DIS PAS QUE...
HAYATO A TENTÉ QUELQUE CHOSE, HIER ?
GHHH
C'EST VRAI, IL A LE DROIT DE SAVOIR...
MAIS...
En fait...
il m'a dit qu'il m'aime...
BZZT
JAMAIS JE N'Y ARRIVERAI !

IMPOSSIBLE !
IL NE S'EST...
RIEN PASSÉ !!
HEIN ?!
JE TE RENDRAI TA VESTE DEMAIN !
Je l'ai oubliée !
JE SUIS SÛR QU'ELLE M'A MENTI...
NOTEBOOK

J'AURAIS MIEUX FAIT DE RESTER AVEC ELLE ...
Ma sœur me le paiera ...
J'INVITE CHAQUE DÉLÉGUÉ DE CLASSE À MONTER SUR SCÈNE !
NOUS ALLONS TIRER AU HASARD LES ÉQUIPES DE LA FÊTE DU SPORT !
FROT
FROT
Vas-y !
BALLE BLEUE !
LES 3E 3 SONT DANS L'ÉQUIPE BLEUE !
WHAAA !

HAYATO EST DANS L'ÉQUIPE BLEUE !
ON DIRAIT BIEN...
DONC C'EST NOTRE ENNEMI.
Nous on est l'équipe jaune...
HEIN ?
JE SUIS SÛRE QU'IL A ENCORE DES DOUTES...
ÉQUIPES DE LA FÊTE DU SPORT
1ère-1 : ROUGE
1ère-2 : JAUNE 2-3
1ère-3 : BLEU 2-3
1ère-4 : VERT 2-4
LES SÉLECTIONS SONT TERMINÉES !
RETOURNEZ DANS VOS CLASSES POUR VOUS RÉPARTIR LES RÔLES !
Dis !
TU T'ES COUPÉ LES CHEVEUX ?
Ça change !
UN PEU...

IL N'Y A PERSONNE CHEZ MOI, CE SOIR.
TU VIENS ?
PAS POSSIBLE, DÉSOLÉ.
J'ARRÊTE LES BÊTISES.
JE VAIS ÊTRE SUPER OCCUPÉ.
EN PLUS JE VAIS MONTER UNE ÉQUIPE DE SUPPORTERS.
Heiiiin ?
POUR-QUOI ?!
Ça ne te ressemble pas !
Tu as d'autres mecs, non ?
ÇA Y EST, TU AS DÉCIDÉ DE DEVENIR SÉRIEUX ?

SHUN !
MAO...
NE T'A RIEN DIT ?
BAH, ÇA NE M'ÉTONNE PAS D'ELLE.

JE LUI AI DIT QUE...
JE L'AIME.

ELLE M'A COLLÉ UN RÂTEAU DIRECT...
EN ME DISANT DE NE PAS PLAISANTER AVEC ÇA !
NE LUI EN VEUX PAS DE NE PAS TE L'AVOIR DIT !
ELLE A TOUJOURS ÉTÉ DU GENRE À GARDER LES CHOSES POUR ELLE.
...
DÉSOLÉ POUR TOI, MAIS...
JE N'AI PAS L'INTENTION DE TE LAISSER LA PLACE.

MAO NE CONNAÎT QUE MES MAUVAIS CÔTÉS.
JE VAIS LUI MONTRER QUE MOI AUSSI, JE PEUX ÊTRE...
UN GARS BIEN.
DOOOM
FSHOUU
POM
DOOONG
COUP DE BOL...
ON NE SERA PAS DANS LA MÊME ÉQUIPE !

!
PLAAAF
SINON ON N'AURAIT PAS PU S'AFFRONTER.
HUM ?
HACHIYA ?

Ah…
PARDON LES FILLES, ALLEZ-Y !
Ok !
QU'EST-CE QU'IL Y A ?
Hein ?
LA RÉUNION VA COMMENCER !
JE SAIS.
JE RÊVE, OU IL A L'AIR EN COLÈRE ?
ALORS COMME ÇA, IL T'A DIT QU'IL T'AIMAIT ?

HAYATO T'EN A PARLÉ ?
JE NE LUI AI PAS POSÉ DE QUESTION.
C'EST LUI QUI EST VENU.
NORMAL QU'IL SOIT FÂCHÉ...
J'AURAIS DÛ LUI DIRE MOI-MÊME...
JE SUIS DÉSOLÉE !
J'aurais dû faire plus attention !
Hein ?

JE TE JURE QUE J'AI REFUSÉ…
JE T'AIME DEPUIS DÉJÀ PAS MAL DE TEMPS…
JE TE JURE QUE JE N'AI PAS ENVIE D'ALLER VOIR AILLEURS !
OUAIS …
JE SAIS, ÇA.
?!?
HEIN ?
C'EST TOUT CE QUE ÇA LUI INSPIRE ?
ALORS POURQUOI T'ES FURAX ?!
CE N'EST PAS LE CAS.

JE SUIS JUSTE CONTRARIÉ.
"ELLE A TOUJOURS ÉTÉ DU GENRE...
À GARDER LES CHOSES POUR ELLE."
VOUS VOUS CONNAISSEZ DEPUIS LE COLLÈGE.
JE NE PEUX PAS RIVALISER CONTRE ÇA.
JE ME DISAIS JUSTE QUE J'ALLAIS DEVOIR...
FAIRE DE MON MIEUX.

QUAND J'AI REDOUBLÉ ...
JE ME DEMANDAIS COMMENT ÇA ALLAIT SE PASSER.
IL EST VRAIMENT...
IMPRÉVI-SIBLE.
COMPLÈ-TEMENT DÉTACHÉ, PRESQUE INSOLENT...
ET PARFOIS CRAQUANT...
COMMENT LUI RÉSISTER ?
AU RISQUE DE TE SUR-PRENDRE ...
FINALEMENT, JE SUIS BIEN CONTENTE QUE CE SOIT ARRIVÉ !

AU MOINS, ON PEUT PROFITER ENSEMBLE ...
DE LA FÊTE DU SPORT, DES VOYAGES SCOLAIRES...
J'AI DÉJÀ HÂTE QU'ON PARTAGE PLEIN DE TRUCS TOUS LES DEUX !
TU VOULAIS QU'ON PRO-FITE DE NOS ANNÉES LYCÉE ENSEMBLE, NON ?!

TU AS
HÂTE ?
J'Y
RETOURNE
...
En
classe...

JE FERAI DE MON MIEUX...
PENDANT LES ÉPREUVES SPORTIVES.
?!
EUH, D'ACCORD ...
T'es trop mignonne...
C'est pas pratique pour marcher !
C'est ça...

EMPLOI DU TEMPS
Répartition des tâches
- Supporters
- Banderoles
- Mascotte
Bon...
QUELQU'UN VEUT SE METTRE DANS UN GROUPE EN PARTICULIER ?
Moi !
LES SUPPORTERS !
HACHIYA, EN SUPPORTER ?
J'AI DU MAL À L'IMAGINER FAIRE DES ENCOURAGEMENTS...
MAIS BON...
Sérieux ? Hachiya en pom-pom girl ?
Lui, aux encouragements ?
Trop hâte !

TU T'INSCRIS AVEC MOI ?
Pour aller encourager...
QUOI ?!
NON MERCI, PAS POUR MOI !
PAS ENVIE DE FINIR EN MAJORETTE !!
La honte !
JE CROYAIS QUE TU VOULAIS QU'ON PARTAGE PLEIN DE TRUCS ENSEMBLE...
SNIF
HOUUU
IL...
IL TIRE ENCORE SUR LA CORDE SENSIBLE !!
D'A...

D'ACCORD, C'EST BON...
J'irai !
39E FÊTE DU SPORT
LYCÉE MIDORIGAOKA
Hiiii !
Voilà l'équipe de sou-tien !
La classe !
Tiens ?
JE NE PENSAIS PAS QUE TU SERAIS DANS UN GROUPE PAREIL...

AH BON ?

TU VAS VOIR CE QU'ON SAIT FAIRE.
Seventeen Again, vol. 3 - Fin

EN VENTE TRÈS PROCHAINEMENT !

PLAAA
COMMENT SE TERMINERA LEUR AFFRON-TEMENT ?!
Seventeen again 4

Une *histoire d'amour* sur fond d'*échange de corps !*

Malgré ses apparences de lycéenne rebelle, Ren croit au grand amour. Suite à un accident, elle change de corps avec une collégienne qui s'avère être la petite sœur de Yusei, un garçon de sa classe. Mais alors qu'il est insupportable à l'école, il se révèle être extrêmement attentionné en tant que grand frère. Pourquoi Ren a-t-elle le cœur qui s'emballe devant ce Yusei au nouveau visage ?

Série terminée
en 8 volumes

KORE WA AI DE KOI JA NAI © 2019 Marina UMEZAWA / SHOGAKUKAN

COLLECTION SHOJO
SOLEIL MANGA
LOVELY LOVELESS ROMANCE
Marina Umezawa

Tout le monde a-t-il vraiment droit à une deuxième chance ?

Mitsu fait sa rentrée à l'université, elle est encore très marquée par une rupture difficile et elle souhaiterait pouvoir entamer une nouvelle vie et pourquoi pas retrouver rapidement l'amour pour tourner la page. Lorsqu'elle tombe sur Kaede, son ex, qui s'avère aussi être son nouveau voisin, les choses se compliquent. Il est plus beau et populaire que jamais, cela va-t-il raviver la flamme entre eux ?

Série terminée
en 7 volumes

MOTOKARE – RETRY © 2015 En HANAYA / SHOGAKUKAN

COLLECTION SHOJO
SOLEIL MANGA
LOVE & RETRY
En Hanaya

Certaines cicatrices ne guérissent jamais...

Nanami Takahashi arrive pour son premier jour au lycée. Ne connaissant personne, elle souhaite se faire au plus vite de nouvelles amies. Pour cela, elle participe aux discussions qui se centrent toutes autour d'un jeune homme, Yano Motoharu. Élève doué, beau, toujours souriant, il est la coqueluche des femmes comme des hommes. Mais derrière ce masque se cache un passé qu'il cherche à oublier, une blessure qu'il ne veut pas exposer. Nana est-elle prête à accepter le garçon qu'il est vraiment ?

Série terminée
en 16 volumes

BOKURA GA ITA © 2004 Yuuki OBATA / SHOGAKUKAN

COLLECTION SHOJO

SOLEIL MANGA

Yuuki Obata

C'était Nous

Jusqu'où va-t-elle aller pour sauver l'orphelinat ?

Suite au décès de ses parents, Akari, une lycéenne, hérite d'un orphelinat. Cependant, celui-ci est menacé car le propriétaire souhaite vendre les lieux. Un beau jour, alors que la jeune femme négocie ardemment pour éviter la vente, un mystérieux jeune homme rachète la maison et l'offre à Akari pour sauver l'orphelinat. Seulement, il y a une contrepartie : elle doit épouser le bel inconnu !

BURAMARI © 2020 by AIKAWA Saki / Shueisha

Série terminée
en 10 volumes

COLLECTION SHOJO
SOLEIL MANGA
Black
MARRIAGE
Saki Aikawa

PROLONGEZ L'EXPÉRIENCE
SOLEIL MANGA

REJOIGNEZ
@VILLAGE_SHOJO
SUR INSTAGRAM !

Soleil Manga
6/8 rue Léon Jouhaux
75010 Paris - France
manga@soleilprod.com

soleilmanga.com
Facebook.com/EditionsSoleilManga
@Soleil_manga

Titre original : TSUGI WA IIYONE, SENPAI Vol. 3 by Marina UMEZAWA
©2021 Marina UMEZAWA
All rights reserved.
Original Japanese edition published by SHOGAKUKAN.
French translation rights in France, Monaco and French speaking Belgium, Luxembourg, Switzerland and Quebec in Canada arranged with SHOGAKUKAN through VME PLB SAS.

Original Cover Design : Kaoru KUROKI + Bay Bridge Studio

Conception graphique :
Studio Delcourt/Soleil - Solène Pichereau
Traduction : Studio Mankai
Lettrage : Studio Charon
Dépôt légal : Mars 2025
ISBN : 978-2-302-10268-2
Impression : Ercom - Italie

© 2025 Éditions Soleil,
GROUPE DELCOURT
pour l'édition en langue française
6/8 rue Léon Jouhaux
75010 Paris - France